LA FILLE VICEROY.

COMEDIE HEROIQUE.

PAR

D. C. de Nanteüil

Comedien

DE LEURS ALTESSES SERE-
NISSIMES
DE BRUNSVVIK ET DE LUNEBOURG.

à Hannover.

Par Wolgang Schwendimann, Imprimeur
Ducal, l'An 1672.

A SON ALTESSE
SERENISSIME
MADAME
LA DUCHESSE DE BRUN-
SVVIK, LUNEBOURG,
& HANNOVER, &c.

Madame.

LA Fille viceroy ne fort aujourdhuy du tombeau que pour vous
rendre hommage elle fe doit eftimer,
fans doute, la plus heureufe du monde,
fi elle a le glorieux avantage de ne pas
deplaire à Voftre Alteffe Sereniffime :
malgré touttes fes difgraces elle a fou-
haité de paroiftre fous la conduite des
Mufes, fçachant qu'elles ne vous font
pas tout à fait indifferentes, puisque

A 2   vous

vous daignez quelquefois les honno-
rer de vostre auguste presence, & leur
donner des audiences publiques dan
vostre palais, avec de si bons guides j
n'ay point hesité a luy conseiller de demander la protection d'une Princesse
Souveraine, dont le merite est connu d
toute la terre, & dont les actions doivent seruir sans cesse d'exemple aux te
stes couronnées: il est certain, Madame,
que vous ne faites rien qui ne tende à la
gloire & que la nature n'a rien oublié en
la personne de V. A. S. dans le dessein
qu'elle a eu de faire paroistre aux yeux
de tout le monde une Princesse accom-
plie: le Ciel vous a donné un esprit tout
à fait penetrant, une parfaite connoissã-
ce de belles choses, une bonté toute parti-
culiere, une pieté sans exemple, & une

Mode-

nodeſtie la plus grande du monde; en fin,
Madame, *V. A. S.* ne peut eſtre compa-
ée qu'à elle méme : puiſqu'elle n'a
pas ſeulement une vertu, mais qu'elle les
a toutes enſemble. Je ne parleray point
de l'illuſtre ſang dou vous ſortez, la re-
nommée à pris ſoin de publier par tout
es grandes actions de tant de Heros,
que vous avez pour ayeuls, il n'y a per-
ſonne qui n'en ſoit inſtruit nos grands
autheurs n'ont rien oublié ſur cette Illuſtre matiere ainſi j'obſerverayle ſilence
proteſtant que je ſuis avec un zele tres
ardant, & des reſpects tres profonds.

MADAME

De Voſtre Alteſſe Sereniſsime

Le tres humble, tres obeïſſant, & tres
obligé Serviteur
D. C. de Nanteüil

ACTEURS.

Sophie Fille de Dom Leonard en ha
    bit d'homme foubs le nom de Dor
    Fernand Viceroy de Valence.
Dom Leonard Pere de Sophie & d
    Lucie.
Dom Carlos Amant de Sophie.
Lucie Fille de Dom Leonard.
Dom Louis amant de Lucie.
Dom Sanche Capitaine des gardes d
    Viceroy.

Suite du Viceroy

La Sene eft à Valence.

LA

LA FILLE VICEROY
COMEDIE HEROIQVE

ACTE PREMIER
SCENE PREMIERE.

SOPHIE.   DOM SANCHE SUITE
Sophie

Dom Sanche approchez vous, & que l'on se retire.
DOM SANCHE.

Puisse sçavoir de vous pourquoy ce cœur soupire ?
Quoy Seigneur aujourdhuy qu'en depit des jaloux
Vous estes maistre icy, que tout depend de vous ;
Que par vos grands exploits, vos illustres conquestes
Vous retirez l'estat d'effrojables tempestes,
Que l'Empereur vous aime, & qu'il fait tout pour vous
Que vous faites la gloire, & le plaisir de tous,
Que jusque dans l'Afrique on redoute vos armes,
Qu'ainsi que Mars, l'amour vous doñe tát de charmes,
Qu'il n'est rien icy bas, qui ne cede à vosloix,
Et qu'au bout de la terre on connoit vos exploits,
Parmy tant de grandeurs une sombre tristesse
Semble de vostre cœur se rendre la maistresse ?
Seigneur à vos plaisirs laissés un libre cours :
Quoy vous que l'on à veu victorieux tousjours ?

A 4   Vous

Vous qui sçavez si bien ce grand art de la guerre?
Vous que l'on craint par tout à l'esgal du tonnere.
Un indigne chagrin pourroit dans vostre cour
Pretendre a commander vostre cœur à son tour!
Repoussés fortement cette indigne foiblesse.

SOPHIE.

Quoy que d'un peuple entier j'occupe la tendresse:
Qu'il admire mes faits, qu'il sçhache mes travaux,
cela n'affoiblit point la source de mes maux.
Je vous ouvre mon ame, & je veux que vous méme
Soyez jugé & témoin de ma douleur extreme:
Reconnoissant pour moy vostre zele discret:
L'estime ou je vous tiens vous monstre mon secret:
Et vous estes le seul qui soyes dans valence
Entré jusques icy de dans ma confidance.

DOM SANCHE.

C'est un honneur pour moy ---

SOPHIE.

                        Sçachez donc mon malheur:
Et par vous méme en-fin jugés de ma douleur.
Si jusque dans l'Afrique on redoute mes armes;
Si j'ay cherché la mort au milieu des allarmes;
Si les plus grands perils ne m'ont point fait de peur;
Si tous nos ennemis redoutent ma valeur!
Si le nom de fernand leurs arrache la gloire,
Lors qu'ils peuuent pretendre une grande victoire;
Rien ne devroit icy m'allarmer en ce jour.
Mais si Mars est pour moy je tiens trop à l'amour.
J'aime, mais d'une ardeur, & trop forte, & trop tendre,
Un feu qui sur mon cœur a droit de tout pretendre,
M'oblige à decouvrir ce qui m'asceu toucher,
Et qu'a tout autre enfin mon devoir doit cacher.

Avant que vous ſçachiez le nom de ma famille
aprenez que *je* ſuis - - -

DOM SANCHE.

Quoy Seigneur.

SOPHIE. Une Fille:

De plus née à valence, & de qui les parens
Ont voulu de ſon cœur ſe rendre les tyrans.
Par un foible intereſt, ou pluſtot un caprice:
Mon Pere qui n'avoit pour but que l'avarice,
Luy méme apres m'avoir donnée à mon amant,
Apres m'avoir reduite a l'aimer tendrement,
Par un commandement à ſon ordre contraire
Me deffendit de voir, ce qui m'avoit ſceu plaire:
Me força d'oublier de ſi ſenſibles nœux,
Et d'eteindre à jamais ce que j'avois de feux.
Mais qu'il eſt malaiſé, quand noſtre ardeur eſt forte
De chaſſer un amour qui nous vient de la ſorte,
Et qu'on voit rarement en cette occaſion
Quand on aime baucoup quitter ſa paſſion
Nos amours n'eſtoient point des amours ordinaires.
Si nous aimions, c'eſtoit par ordre de nos peres:
Eux ſeuls de dans nos cœurs mirent ce doux poiſon
Nous connúmes l'amour pluſtoſt que la raiſon.
Ils admiroient en nous cette ardeur mutüelle:
Pendant quatre ans entiers ils la virent fidelle:
Ils demeuroient d'accord de nos communs ſouhaits,
Et nous eſtions contens, ſi l'on le fut jamais.
Enfin ayant marqué cettte grande journée,
Ou l'on ſe preparoit a voir noſtre hymenée.
Un Comte italien ſuruint pour mon malheur.
Mon Pere m'ordona de luy donner mon cœur:

Et

Et sans considerer si je le pouvois faire,
Si je pouvois, quitter ce qui m'avoit sçeu plaire :
Me dit qu'il me falloit passer au changement,
Et que ce qu'il m'offroit valoit bien l'autre amant.
Jugez en cet endroit ce que je pus repondre,
Ce que je proposay seruit a me confondre.
Tout ce que je pus faire en cet evenement :
Ce fut de m'enfermer dans mon appartement :
D'avoir recours aux pleurs pour soulager ma peine,
Et d'un Pere irrité m'opposer à la haine,
Ce n'est pas tout encor, presqu'au méme moment
Je vis devant mes yeux paroistre mon amant.
Il est donc vray, dit il, que je pers ce que j'aime !
Non vostre amour pour moy ne fut jamais extreme :
Puisque vous consentez à cet hymen fatal,
Et qu'un amant d'un jour est icy mon égal.
Apres m'avoir promis & vous & vostre Pere,
Qu'à mes vœux desormais rien ne seroit contraire - - -
Ah si l'on pouvoit mettre à prix vostre beauté !
Qui pourroit l'acquerir que ma fidelité.
Ne devroit elle pas, deja l'avoir acquise :
Puisque vous méme enfin vous me l'avez promise.
Qu'un Pere interessé, qui me manque de foy - - -
Non non encor un coup je ne suis plus à moy :
Je suivray la douleur qui me tombe en partage,
Quiconque ose aspirer à vous, à l'avantage
De perir, ou de rompre un semblable lien,
Et ne peut pas souffrir qu'on enleve son bien.
Quoy vous étonnez vous qu'une pareille offence
M'oblige a recourir sur l'heure à la vengeance ?
Ah par vos pleurs je vois ce que vous exigez ?
Il vivra ce rival si vous le protegez :

Je mourray seul ingrate , il faut vous satisfaire :
Et vous serés à luy puis qu'il a pû vous plaire.
Vous joignez vous, luy dis je, à ce que j'ay d'amer,
A cet indigne objet que je ne puis aimer.
Pour me persecuter m'imputez vous à crime ,
De conserver pour vous un feu tout legitime.
Plaignés moy bien plustot au lieu de m'accuser ;
Vous seul de dans ces lieux vous Pouvez abuser.
Songez sans perdre temps a faire ce reproche,
Que le moment heureux pour ce rival approche ,
Ie vous en pourrois faire un plus juste à mon tour ,
Et vous dire pour moy que vous manquez d'amour ,
Ou que dans vostre cœur il ne fait que de naitre :
Puisque vous n'avez sceu jusqu'icy me connoitre.
He bien, si vous m'aimez, donnez moy vostre foy.
Je vous donne la mienne, & venez avec moy,
Me dit il , un vaisseau de main à Barçelone
Nous peut rédre tous deux, sãs que l'on nous soub çóe,
Si je ne vous enleve il vous faut obeir,
Hors nostre fuite ; rien ne nous peut secourir.
Enfin je luy promis, je pris mes pierreries,
Je changeay mon chagrin en cent galanteries.
Pour suivre mon amant j'osay tout puis qu'enfin
Je pûs sans qu'on me vit sortir par le Jardin.
Je fus au rendezvous : mais il vous faut tout dire :
Sçhachez donc qui je suis , & pour qui je soupire.
Le rang que tiennent ceux qui m'ont donné le jour,
Et comment on me vit arriver à la cour.
Je dessens des zegrys du costé de ma Mere,
Et le Ciel m'a donné dom Leonard pour pere,
I'ay Lucie pour sœur, & Sophie est mon nom :
Vous voyez qui je suis, & si de ma maison

J'ay caufé les malheurs quoyque trop innocente.
Tous ces maux fôt changés puisqu'elle est triomphâte.

DOM SANCHE.

Je fuis furpris Madame il le faut avoüer,
Ce n'eſt plus que Sophie icy qu'il faut loüer.
Sous le nom de fernand elle a fauvé l'empire!
Oſeray je eſperer que vous me voudrez dire
Comment fous cet habit on vous vit à la cour,
On Sçait que Dom Carlos eut pour vous de l'amour,
Que l'on le foubçonna - - -

SOPHIE.

Je ſçay ce qu'on ſcêut croire,
Et que diverſement on conta cette hiſtoire.
Mais fans de guiſement vous la ſçaurez de moy.
Dom Carlos, il eſt vray m'avoit donné ſa foy.
Nos deux peres amis dés noſtre tendre enfance
Voulurent refferrer leurs nœux par l'alliance.
Mais las que ces plaifirs nous durerent bien peu.
Des malheurs impreûus troublerent ce beau feu.
Nous fûmes feparés par la mort de fon pere.
Le mien ne parut point à nos defirs contraire
Juſqu'au triſte moment qu'il rompit ce lien
En faveur de l'amour du Comte Italien.
Apres tant de malheurs chez nous irreparables :
Dom Carlos attendoit les moments favorables,
Qu'il povoit eſperer de mon enlevement,
Son bonheur dependoit de cet heüreux moment.
Mais las qu'à fes defirs il fe trouva contraire :
Son page Claudio ſçavoit tout le myſtere
Il eſtoit de nos feux l'unique confident,
Il fembloit pour fon maiſtre avoir un zele ardant.

En

En sortant du Jardin , je l'apperçêus , Madame
Suivez moy, me dit il , instruit de vostre flamme,
Dom Carlos a voulu se confier à moy :
Je vous conduis au port , n'ayez aucun effroy.
Mon maistre dans ce lieu n'a pas voulu paroistre,
De crainte que quelq'un ne le pût reconnoistre,
Et pour d'autres raisons que vous sçaurez de luy ,
Le Ciel veut consentir a finir vostre ennuy.
Sans respondre, aussi tost je me laisse conduire,
Nous arrivons au port sans qu'on nous puisse nuire,
Entrant dans le vaisseau , je demande Carlos !
Il va venir, dit on , mettez vous en repos ,
Entrez dans cette chambre, & banissez la crainte
Dont vostre ame paroit devant nos yeux atteinte,
Pendant un long discours que le page me fit.
Nous vogons, quelque temps j'escoute son recit :
Et le recit fini je vis le capitaine ,
Qui vint tout de nouveau pour augmenter ma peine.
Je crûs que Dom Carlos le suivoit , mais helas - -
Quand je luy demanday , non ne l'esperez pas,
Il n'est plus de Carlos pour vous , & pour me plaire
Touchant ce cher amant ne songez qu'à vous taire.
Ouy , me dit aussi tost le page, c'est ainsi
Que je me puis venger en te voyant icy
Apprens Sophie apprens, qu'il n'est point joye egale
A celle de punir l'amour d'une rivale.
Tu t'estonnes sans doute en m'entendant parler.
Mais sors d'estonnement, je ne te puis celer
Que je suis de ton sexe , & ne te veux plus taire
Que par malheur pour toy ton amant m'a sceu plaire.
Que j'ay poussé pour luy mille coupirs en vain,
Qu'il ne m'aimast jamais, qu'il te donnoit la main

Si je n'euſſe joüé ſi bien mon perſonnage.
L'amour m'a ſçeu forcer, à luy ſervir de page :
Il m'a fait confidence enfin de ton amour,
Et j'ay voulu de luy me venger à mon tour.
Ne te poſſedant pas j'en ſuis aſſez vengée :
Mon plaiſir eſt extreme a te voir affligée,
Et quoy que mon malheur ſoit preſqu'egal au tien
Perdant ainſi que toy ce qui faiſoit mon bien :
J'ay du ſoulagement dans ma douleur extreme,
Puiſque tu ne peus plus obtenir ce que j'aime,
Que moy ſeule je briſe un ſi puiſſant lien ,
Que tu pers tout enfin , & que je ne pers rien.
A ce coup imprevû, jugez de ma ſurpriſe,
Je ne pû dire rien contre cette entrepriſe,
N'ayant aucun ſecours pour mon ſoulagement.
Je perdis la parolle avec le jugement :
De cette pamoiſon à peine revenüe.
Le Capitaine approche , & me voyant emüe,
Voulut prendre ce temps pour me dire à ſon tour
Qu'il m'aimoit, ie ne puis répondre à voſtre amour,
Luy dis ie, là deſſus il s'emporte, il tempeſte,
A me priver du iour ie le vois, qu'il s'appreſte !
Lorſque nous arrivons à ſalé : par bonheur
Le Prince qui paſſoit appaiſa ma douleur :
A mes cris il s'approche , & voit ce capitaine,
Luy demande en ſecret le ſuiet de ma peine.
Le cimetere au poing , ie n'en veux qu'à tes iours
Puiſque tu veus icy luy donner du ſecours ,
Luy dit il , mais ſçais tu que dans cette province
Je ſuis maiſtre abſolu ? ie te connois pour prince,
Pour mon maiſtre de plus , & ceſt pourquoy Seigneur
Pour conſerver mes iours ie n'en veus qu'á ton cœur.

On l'arreste, & l'on donne au traiſtre, pour ſuplice,
La mort qu'il meritoit ainſi qu'à ſa complice
Plus digne encor que luy, puis qu'il a confeſſé
Que pour me perdre ſeule elle l'avoit pouſſé.

DOM SANCHE.

Mais que devinſtes vous?

SOPHIE.

            Ce prince magnanime,
Demanda qui i'eſtois, eut pour moy tant d'eſtime,
Qu'il me fit deguiſer comme l'ambaſſadeur
Eſtoit préſt a partir pour ioindre l'empereur.
Ce prince toutefois ne me fit point connoiſtre:
L'ambaſſadeur au camp me mena vers ſon maiſtre.
Avec un tel appuy i'eus d'abord de l'employ
Je courrois au danger ſans en avoir d'effroy.
Quoyque ie n'euſſe pas encor d'experience:
Dés le premier combat ie montray ma vaillance.
On donnna la bataille, & nous vîmes ſoûmis
Aux vœux de l'empereur nos plus fiers ennemis.
Quoy que fille, d'abord tout me ſembla facille,
On m'avoit appris l'art d'attaquer une ville,
Et dans l'employ de Mars, ainſi qu'un grand guerrier,
Je courrois aux perils en jeune avanturier?
Au milleu des hazards ie devorois la gloire!
Il me ſembloit par tout entrainer la victoire.
Mon panchant pour la guerre a touſiours eſté grand:
Et ſi mon avanture à preſent vous ſurprend.
Ayant un protecteur tant cheri de mon maiſtre.
Dans cet heureux deſſein que i'avois de paroiſtre,
Devois ie ailleurs chercher a monſtrer ma valeur?
Mon maiſtre m'eſtimoit, & ſon ambaſſadeur

                Me

Me sceut recommander si bien : que i'ose dire,
Que j'occupay d'abord des charges dans l'empire,
Que l'on n'eust dû doñer, qu'aux plus vaillás guerriers.
Sous le nom de fernand i'acquis bien des lauriers ;
Au nom de l'empereur ie fis une conqueste,
Qui pour seconde fois sceut couronner sa teste,
Son estime pour moy se monstra tout à fait.
Et pour trouver moyen d'acquitter ce bienfait,
Par un coup qui passa toute mon esperance,
Il me fit aussi tost Viceroy de valence.
Estant preste a partir iè trouvay Dom Carlos :
Pour estre à mon service il s'offrit aussi tost.
Je le pris, ce fut luy qui fit mon equipage,
Mais en le preparant a faire ce voyage,
Il sceut me confesser, ce que ie vous ay dit,
Et m'en fit le recit d'un air tout interdit.
Il vint sur ma parolle, & cependant mon pere
Poursuit, en criminel, celuy qui m'a sceu plaire :
Je sçay son innocence, & n'ose la vanter :
Je l'aime, & mon amour n'oseroit esclater.

DOM SANCHE.

Si pour vous Dom Carlos sent une ardeur egale,
Sans rien dissimuler - - -

SOPHIE.

     Voyez dans cette sale.
Cherchez le, & l'amenez aveque vous icy.

SCENE SECONDE.

SOPHIE SEULE.

IL faut rendre en ce lieu mon esprit eclairci.
Dom Carlos va venir : d'ou vient que ie soûpire ?
Crains tu mõ cœur, crains tu, qu'il n'é puisse assez dire !

Helas s'il a pour moy tous jours ce tendre amour :
Qui poura m'empecher de l'expofer au jour?
Mais s'il eft une fois à quelque autre qu'il aime,
Qui pourra m'en venger s'il ne perit luy méme.
Sa vie eft en ma main, feroit ce me venger,
De me mettre moy méme en un plus grand danger.
Efperons mieux du fort, il vient.

SCENE TROISIESME.

SOPHIE, DOM CARLOS, DOM SANCHE.

DOM CARLOS.

       quelle nouvelle
Seigneur, aupres de vous à cette heure m'appelle?

SOPHIE.

Je vay vous en inftruire, apprenez qu'aujourdhuy,
J'ay vû Dom Leonard, & fa fille avec luy :
Ils font venus icy me demander juftice.
Carlos, coupable, ou non, parlez fans artifice.
Vous avez ma parolle, & vous pouvez juger
Qu'apres cette affeurance on vous veut proteger.
Parlez donc dites moy - - -

DOM CARLOS.

      Seigneur que puis je dire.
Aujourdhuy feulement par vous feul je refpire !
Si vous m'abbandonnez, je trouve le trepas.
Sauvez moy du peril que je vois fur mes pas.
Dom Leonard fans doute a droit de tout pretendre.
Il fçait que fes amis pourront tout entreprendre,
Le crime qu'on m'impute eft horrible, crüel.
En apparence, on peut me croire criminel.

Mais qui ne voudra pas juger fur l'apparence.
Il ne faut que des yeux pour voir mon innocence.
J'aimay, je vous l'ay dit, vous le fçavez Seigneur
La crüelle Sophie occupa tout mon cœur,
Je reſſentois pour elle une tendreſſe extreme,
Só cœur ſembloit pour moy s'expliquer tout de méme,
Je devois l'enlever, mais j'atteſte les Dieux
Qu'elle n'a point paru du depuis à mes yeux.
Il eſt vray qu'on m'accuſe, & de l'avoir ravie,
Et de l'avoir privée, & d'honneur, & de vie.
Mais il eſt trop certain, que cette fauſſeté
Ne ſçauroit à vos yeux cacher la veriré.
Helas ſe pourroit il, & ſeroit il croyable,
Que l'on pût immoler un objet tout aimable?
Qu'un objet qu'on cherit, qu'on aime tendrement
Pût recevoir la mort des mains de ſon Amant?
J'implore en cet endroit Seigneur voſtre juſtice!
Vous n'avez point en moy reconnu d'artifice,
Quand ie vous ay parlé d'un ſi crüel malheur.
Quand en Afrique enfin ie vous ouvris mon cœur,
Quand ie penſois le moins eſtre à voſtre ſervice,
De ce que l'on m'accuſe avez vous vü l'indice?
Ah vous ſçavez trop bien que lors qu'on eſt menteur,
On trahit bien ſouvent les ſecrets de ſon cœur,
Et que fort rarement dans ce que l'on propoſe,
Un impoſteur deux fois dira la méme choſe.

SOPHIE.

C'eſt aſſez Dom Carlos i'ay voſtre cauſe en main.
Tous vos accuſateurs pouront parler en vain.
Je vois voſtre innocence, & quoy que l'on rapporte
Quoy qu'on diſe tousjours elle ſera plus forte,

Et

Et comme elle me rend certain de voſtre foy.
Un homme comme vous peut repondre de ſoy.

DOM CARLOS.

Si ---

SOPHIE.

Vous m'appartenez, vous eſtes à ma garde,
Et c'eſt voſtre intereſt tout ſeul qne ie regarde.

SCENE QUATRIESME.

DOM CARLOS SEUL.

Ah Ciel que i'ay de ioye, & que dans ce moment
Ie viens de recevoir un grand contentement.
Dom fernand qui me donne a garder à moy méme,
Qui conçoit les horreurs de mon malheur extreme,
Qui voit que l'on m'accuſe, & preſt a me juger,
Pour ne m'expoſer pas dans un ſi grand danger:
Me donne a ma parolle, & ſe fait mon refuge:
De peur qu'on ne me perde, il ſe fait ſeul mon juge.
Que de bontés helas mes ſens ſont eſtonnés!
En venir iuſque là, que vous m'appartenez!
Et deſur ma parolle il me donne à moy méme!
Ah c'eſt ce que ie dois appeller grace extreme!
Mais ne ſeroit ce point auſſi pour m'eprouver:
Ma paſſion m'aveugle, & ne me fait trouver
Que des obſcurités que je devoile à peine,
Dont le cruël combat met mon cœur à la geſne.
Ah Sophie, ah Sophie, ah pourquoy dans ce iour
Ne paroiſſez vous pas pour prouver voſtre amour?
Mais quoy pouvez vous eſtre encor en ma memoire!
Puis ie avoir oublié mes feux & voſtre gloire:

Apres avoir trahi l'un, & l'autre en ces lieux,
Dois *je* encor souhaiter de paroistre à vos yeux?
Non il faut renoncer au cœur d'une infidelle,
Pour qui ie puis perir & qui m'aimoit moins quelle:
Puisque par un billet elle a pu m'exposer,
Et qu'enfin pour me perdre elle â sçeu tout oser.
Sophie! ah plûst au Ciel que vous fussiez fidelle!
Je perirois content pour vous prouver mon zele.
Ah puisque contre moy ie prends vostre interest:
Aveuglé de mon feu i'accepte vostre arrest.
J'ay tousiours de la crainte, & de la *jalousie*
De ces deux passions i'ay mon ame saisie:
Puisque j'en suis encor tourmenté dans ce iour,
D'ou cela provient il si ce n'est de l'amour.

Fin du premier Acte.

ACTE

ACTE SECOND.
SCENE PREMIERE.

DOM LOÜIS, LUCIE.

DOM LOÜIS.

OUy Madame croyez ce que i'ose vous dire.
Vous ne vous vengez pas si le traistre respire.
Souffrez pour asseurer icy vostre repos,
Que pour vous seule enfin ie combatte Carlos.
Ce doux commendement fait toute mon attente.
Vous me pouvez d'un mot rendre l'ame contente.
Je crois lire en vos yeux ce que vous m'ordonnez:
C'est un honneur bien grand que vous me destinez:
Mais soyez seure aussi d'une pleine victoire,
Puisque dans ce combat se mesle vostre gloire.
Je combattray pour vous, par vous, & pour l'honneur.
Pour de tels interrests ie suis desja vainqueur.
C'est la qu'avec plaisir vous verrez dans mon ame
L'excez de mon ardeur, ce que ie sens de flame,
Et c'est aussi par la que ie pouray sçavoir,
Combien l'amour sur vous aura pris de pouvoir.
Si vous sentez pour moy cette ardeur empressée:
Ma valeur sur Carlos par vous seule poussée,
Vous promet d'apporter sa teste à mon retour.
Avec un tel secours que ne peut mon amour.
Ouy croyez - - -

LUCIE.

Je sçay bien quand l'ardeur est extreme,
Qu'õ cherche à s'exposer tousiours pour ce qu'õ aime

Que

Que c'eſt par ce moyen qu'on monſtre cette ardeur,
Qu'une flamme ſincere a miſe dans un cœur,
Mais lorsqu'on aime bien helas ! quelle triſteſſe
D'expoſer aux dangers l'obiet de ſa tendreſſe.
Quand ce qui nous eſt cher eſt dans le mains du ſort
Nous ſouffrons mille fois les tourmens de la mort.
Sans ceſſe nous croyons que quelq'un nous vient dire,
Que ce que nous aimons à peine encor reſpire,
Il n'en faut plus douter qu'il eſt au monúment.
Eſt il lors que l'on aime un plus rude tourment !
Si je vous permettois de me tirer de peine,
D'attaquer fortement cet obiet de ma haine,
De me venger enfin de la mort de ma ſœur,
De tanter un combat contre ſon raviſſeur.
Jugez pendant ce temps quelle ſeroit ma plainte.
Mon ame inceſſamment floteroit dans la crainte :
Je vous verrois touſiours aux portes du trespas.
Mon cœur à tous momens ſeroit de ſur vos pas.
Sans ceſſe ie verrois la Parque toute preſte ,
A vouloir de vos jours s'aſſeurer la conqueſte.
Et lors qu'on a le cœur de méme que le mien
On n'expoſe jamais ce que l'on aime bien.
Les eſpines touſjours accompagnent les roſes,
Et quoy que noſtre honneur ſoit devant toutes choſes.
Qu'il dicte le devoir , il eſt ſi doux d'aimer,
Qu'on à peine a pouvoir s'en deſacouſtumer
Parceque vous m'offrez je juge de voſtre ame :
Mais ce ne ſeroit pas repondre a voſtre flame,
Que d'accepter cet offre au depens de vos jours.

DOM LOÜIS.

Ah Madame pour vous je puis vaincre touſjours.
L'amour qui dans mes mains a mis voſtre querelle

Ne sçavroit un moment souffrir que je chancelle,
Je l'entends qu'il me dit en secret, aimes tu ?
Dans un cœur enflammé l'amour suit la vertu.
Tes interrests sont joints à ceux de ta maistresse :
Si tu veux expliquer l'excés de ta tendresse
A l'obiet qui te charme, il faut par ton amour
La venger d'un perfide, & qu'il perde le jour,
Qu'elle doive à tes feux une telle vengeance,
Et que Mars & l'amour tous deux d'intelligence
Enseignent aux mortels que quand ils sont d'acord,
Ils ne redoutent rien des caprices du sort.
Voila ce que me dit cette ardeur si fidelle,
Qni me presse en secret de vous prouver mon zele,
Et que si vostre amour se peut fier à moy :
Vous acceptiez mon bras pour un si noble employ.

LUCIE.

Helas que vous diray je, ah Dom Loüis ? la gloire,
Le devoir tout me parle, & je ne puis rien croire.
Je sçay que ma maison demande a se venger
Je sçay que d'vantage on ne peut m'outrager.
Que l'iniure est crüelle & que pour un tel crime
C'est peu que d'exiger de vous cette victime.
Je suis preste a vouloir suivre vostre couroux :
Il me plaist quand je vois qu'il vient ainsi de vous,
Je sçay que je le dois, mais quand je considere,
Que je hasarde ainsi tout ce qui m'a sçeu plaire,
Je ne puis consentir à ce combat fatal.
Le remede est pour moy plus crüel que le mal.
Dure malignité de l'amour qui m'entraine,
Mon devoir veut du sang pour assouvir sa haine,
Et quand je veux vers luy m'acquiter en ce jour :
Le devoir se retire, & fait place à l'amour.

Il semble que le Ciel se joigne à ma disgrace.
En cette extremité que faut il que *je* fasse ?
Que dois je - - -

DOM LOÜIS

Vous venger , & mettre entre mes mains
Des jours qu'on peut nommer la haine des humains.
Puisque sans m'outrager vous ne pouvez permettre
A personne qu'à moy ce que j'ose promettre:
Je tiens que le devoir est joint avec nos feux ,
Et que son trepas seul nous peut unir tous deux.
De grace accordez moy cet honneur où j'aspire ,
Je ne suis point content si le traitre n'expire.
Il faut il faut qu'il meure , & que jamais nos yeux
Ne revoyent l'obiet qui nous est odieux.
De combattre Carlos ma joye est sans egale.
A tarder plus longtemps ma gloire se ravalle.
Je sens incessamment que ma valeur s'accroist.
Que par un coup si beau je - - -

LUCIE.

Mon pere paroist.

SCENE SECONDE.

DOM LEONARD, DOM LOÜIS, LUCIE.
DOM LEONARD.

MA fille c'est icy que le Ciel fait connoistre
Sa divine justice en nous livrant un traistre.
C'est par là qu'il fait voir que les mechans en vain
S'efforcent d'eviter un peril trop certain :
Lors qu'ils brisent leurs fers pour fuir le precipice ,
Qu'ils s'estiment sauvés , ils trouvent leur supplice.

L'equi-

L'equité ne ſuit point les regles du haſard:
On la voit à nos yeux ſe monſtrer toſt où tard,
Et comme on la depeint un bandeau ſur la veüe,
Elle ne connoit rien,& de tous eſt connuë.
Le traiſtre Dom Carlos n'aura pas la douceur,
De mourir impuni du trespas de ta ſœur.
J'eſpere de le voir au milieu des ſupplices
Expier ſon forfait,& nommer ſes complices.
Il n'a pû reſiſter aux attaques du ſort,
Il n'eſt que trop certain qu'il luy donna la mort,
Et ſon enlevement n'eſt que trop veritable ;
Puisque par ce billet trouvé deſſur ſa table,
Il eſt trop convaincu d'un attentat ſi noir.
Sans doute ſa vertu le mit au deſespoir.
Ne pouvant obtenir ce qu'il eſperoit d'elle:
Le perfide quitta cette flame ſi belle,
Changea trop lachement ſon amour en fureur,
Et ſa haine pouſſa le poignard dans ſon cœur.
Mais pourroit il nier de me l'avoir ravie:
S'il n'avoit pas luy méme attenté ſur ſa vie.
L'egalité du ſang, & ſa condition
N'auroient ils pas d'abbord vaincu ma paſſion :
Et quoy que l'on témoigne eſtre ſouvent ſevere:
Malgré ce fier transport ceſſe-on d'eſtre pere.
Le ſang dans noſtre cœur jamais ne ſe trahit.
En vain aux paſſions on dit qu'il obëit.
La tendreſſe touſiours ſe monſtre la plus forte.
Malgre tout mon courroux ie ſens qu'elle l'emporte.
Et lors que les enfans ſe rendent au devoir :
La nature eſt touſjours preſte â ſe faire voir.

　　　　　　　　　　　　　DOM

DOM LOÜIS.

Ie suis de voſtre avis, & ne vous ſçaurois taire
Que la haine ne peut jamais ſeduire un pere.
Certaine emotion qui vient du fond du cœur
Nous fait paroiſtre aſſez que le ſang eſt vainqueur.
Mais c'eſt moins eſtre encor fourbe, que temeraire,
Que de vouloir nier une pareille affaire.
Eſtant a preſumer qu'en cet enlevement,
Il aura pû ſçavoir qu'en ſon apartement,
Sophie aura laiſſé de quoy tirer de doute
D'un procedé pareil ie connois peu la route.
Il en fut averti par elle apparament.

DOM LEONARD.

Le voicy ce billet : Liſez le ſeulement.

LETTRE.

Apres m'avoir permis d'aimer,
Ne trouvez point mauvais ſi ma tendreſſe extreme
Qui par vous a ſçeu m'enflamer :
Me fait quitter ce lieu pour ſuivre ce que j'aime.
Ie fuis avec Carlos puisqu'un ſimple intereſt,
Peut briſer des liens ou mon devoir ſe range ;
Et je n'oſe accepter un ſi crüel arreſt,
Qui me veut obliger a recourir au change.
Si pourtant vous voulez approuuer noſtre feu,
En nous rangeant tous deux ſous les loix d'Hymenée.
Vous nous verrez venir dedans cette journée
Vous demander pardon & prendre voſtre aveu.
Sophie

DOM LOÜIS.   *Apres avoir lû.*

Il veut nier apres un tel indice !
Ie ne puis deviner quel eſt ſon artifice !

Il faut avoir perdu le sens & la raison,
Pour vouloir pallier une telle action.
Ce billet le convainc, & ce qu'il pourra dire
Bien loin de luy servir, ne sçauroit que luy nuïre.
De l'avoir enlevée il se defent en vain.
Ce temoin prouve trop que son crime est certain.
C'est en vain qu'il diroit, que c'est un trait d'envie :
Il ne peut se sauver qu'en la montrant en vie :
Et - - -

LUCIE.
   Puis qu'il peut nïer n'esperez rien de tel.
Il publira qu'à tort on le fait criminel,
Que son amour icy luy doit servir d'excuse,
Et qu'expres pour le perdre en ce jour on l'accuse.

DOM LEONARD.
Je sçay pour excuser ses noires trahisons,
Qu'il nous alleguera de mechantes raisons.
Que son feu fut trop grand, que sa flame trop forte
N'eut pas pû consentir a perir de la sorte.
Mais ses raisonnemens seront tous superflus,
Puisqu'il n'est que trop vray que ma fille n'est plus.
D'ailleurs pour souhaiter la justice d'un crime
Qui vient ternir ma gloire, & môter mon estime.
C'est peu que d'exiger qu'on le livre au trepas.
Apres l'avoir donné luy même à tant d'appas,
Il ne peut expirer d'une mort trop severe.
Si ma fille n'est plus, je suis tousjours son pere.
Ce sang en sa faveur s'explique tendrement.
Je ne puis souhaiter Carlos qu'au monument :
Et puisqu'il a porté la mort dans ma famille,
Qu'il a trempé ses mains dans le sang de ma fille,

             Qu'il

Qu'il a crüellement abbregé ſes beaux jours ;
Tant que je le pourray je pourſuivray tousjours.
J'obtiendray ſon arreſt, ſi dans mon eſperance
Je vois que Dom fernand - - -

DOM LOÜIS.

Le voicy qui s'avance.

DOM LEONARD.

Dom Loüis laiſſez nous.

SCENE TROISIESME.

Sophie , Dom Leonard , Lucie , Dom Sanche.

DOM LEONARD.

Vous me voyez, Seigneur,
Pour la ſeconde fois, acablé de douleur,
Reduit a vous venir, aveque ma famille,
Importuner encor du meurtre de ma fille.
Il n'eſt que trop certain, qu'elle a perdu le jour :
Et que ſon aſſaſſin eſt dedans voſtre cour.
Dom Carlos ! ouy c'eſt là le nom de ce perfide.
C'eſt luy qui de mon ſang s'eſt monſtré tant avide.
Qui temoignant pour elle avoir beaucoup d'amour,
A retiré ſes feux pour montrer à ſon tour,
Que ſa haine eſt pour moy plus forte dans ſon ame,
Que ce, que pour ma fille, il reſſentoit de flame.
Il me la fait trop voir en cet evenement.
Puiſque ſa rage encor n'eſtoit pas pleinement
Contente de l'avoir preſqu'a mes yeux ravie,
Qu'il a pouſſé plus loin le cours de ſa furie,
Et que par un effet & crüel & nouveau,
Il ne l'aima qu'afin de la mettre au tombeau.

Ah Seigueur vous voyez l'enormité du crime.
Le trepas de l'ingrat n'eſt que trop legitime :
Il ne ſçauroit nier qu'il a reçû ſa foy,
Et qu'il ne l'ait enfin fait ſortir de chez moy.
J'ay des témoins trop forts contre ſon artifice!
Et vous pouvez, Seigneur juger ſur cet indice :
Si quelque autre que luy pût cauſer ce malheur.
Voyez ſi j'ay ſuiet dans ma viue douleur,
Apres un tel affront d'oſer tout entreprendre!
Et ſi voſtre juſtice icy, que j'oſe attendre,
Apres un attentat de la ſorte crüel,
Ne doit pas éclatter contre ce criminel.

SOPHIE.

Ce billet eſt bien fort, & ſans doute eſt capable
De convaincre Carlos, & le rendre coupable.
J'entendray ſes raiſons, & je n'oubliray rien
Pour juger ſeurement de vos cœurs & du ſien.
Le rang que vous tenez l'un & l'autre à valence
Met ſur ce procedé mon eſprit en balance.
Il eſt hors de raiſon, que lors qu'on aime bien
Ayant ce qu'on ſouhaite on briſe ſon lien.
Et que par une rage à nulle autre ſeconde
On veüille perdre ainſi tout ce qu'on aime au monde.
L'affaire eſt eſpineuſe,& pour la bien juger
Il faut voir les temoins, & les interoger,
Entendre ſes raiſons, les confronter aux voſtres,
Et peſer meurement les unes, & les autres.
Juſques au jugement, qui vous fera raiſon,
Mon palais à Carlos doit ſervir de priſon.
Son rang - - -

LUCIE.

Et quoy Seigneur le noſtre eſt inutile!
Une forte priſon doit eſtre ſon aſile,
Et non pas un palais que l'on doit reſpecter,
Puiſque pour ſe ſauver, il pourra tout tenter.
Pour pouvoir eviter un trop juſte ſupplice,
Il briſera ſes fers, il craindra la juſtice,
Qui donne au criminel pour priſon un palais:
Cherche tous les moyens de ne punir jamais.
Et de quel œil Seigneur verrons nous noſtre juge,
S'il faut que le cruel trouve en vous ſon refuge!

DOM LEONARD.

Seigneur conſiderez icy quel eſt mon rang!
Daignez vous ſouvenir qu'on a verſé mon ſang!
Que Carlos de ce crime eſt icy ſeul coupable!
Qu'il doit eſtre puni d'un coup ſi deteſtable!
Qu'apres avoir commis un attentat ſi noir
Je reconnois ſa mort pour mon unique eſpoir.
Si je ſouffrois ainſi le trepas de ma fille:
L'honneur ſeroit eteint dans toute ma famille,
Et quand d'une baſſeſſe on ſe voit convaincu,
On doit ſe plaindre au ſort que l'on a trop vecu.
Pluſtot que de ſouffrir Seigneur un tel outrage;
Il faut ſans balancer choiſir pour ſon partage
Une fin qui ſoit digne au moins de ſes ayeus,
Et remettre le reſte entre les mains des Dieus.
Ce ſont les ſentimens qui regnent dans mon ame:
Qui peuvent m'empecher d'attirer aucun blame,
Et lorſqu'on a le cœur placé comme le mien:
La gloire eſt la maiſtreſſe, & ne menage rien.
J'oſe donc vous prier pour voſtre propre gloire:
De chaſtier, Seigneur, une action ſi noire:

Et de ne pas souffrir qu'il vous soit imputé,
Que l'on ait abusé de vostre authorité.
Sa parolle - - -

SOPHIE.

Il suffit , ie vous donne la mienne.
Ie vous reponds de luy quoy que ie le maintienne.
S'il ne se monstre pas innocent aujourd'huy,
Comme il me l'a promis, je ne suis plus pour luy.

DOM LEONARD.

C'est en vain qu'il voudra chercher quelqu'artifice.

SOPHIE.

Quoy qu'il puisse arriver , je vous rendray justice,

SCENE QVATRIESME.

SOPHIE, DOM SANCHE.

SOPHIE.

AVez vous bien compris le dessein de ma sœur,
Et le crüel effort que j'ay fait sur mon cœur,
Les tendres sentimens que peut avoir un pere,
Et ce qu'en ma faveur il desire de faire.
Il me croit au tombeau : souhaitant se venger,
Il mettroit Dom Carlos dans nn mortel danger :
Il le feroit perir avec ignominie,
Croyant que c'est par luy que j'ay perdu la vie.

DOM SANCHE.

Vous seule vous pouvez asseurer son repos :
Et mettre tout d'accord en espousant Carlos.

SOPHIE.

Faites le moy venir.

SCI

SCENE CINQVIESME.
SOPHIE SEULE.

Je veux lire en son ame
Si pour Sophie encor il ressent quelque flame,
L'entretenir un peu touchant ce tendre amour,
Et regler mes desirs sur ses feux à mon tour.
Le voicy - - -

SCENE SIXIESME.
SOPHIE, DOM CARLOS, DOM SANCHE.
SOPHIE.

Dom Carlos il est temps de respondre
Sur l'accusation qui pretent vous confondre.
Dom Leonard à peine est dehors du palais,
Qui vous ose imputer de terribles forfaits.
Outre l'enlevement, qui paroit veritable;
Ou qui, s'il ne l'est pas nous paroit vray semblable
Puisqu'enfin de Sophie un escrit â paru.

DOM CARLOS

Je ne puis esperer maintenant d'estre crû.
Contre mes ennemis j'eus tousjours esperance:
Que vous seriez Seigneur en ces lieux ma defence:
Et qu'au lieu d'ecouter qui voudroit m'accuser
Vous feriez vos efforts pour vouloir m'excuser!
Cependant ie n'en vois icy nulle apparence:
Quoy qu'il puisse arriver, j'observe le silence.
Ma vie est en vos mains, j'attendray vostre arrest
Si mon trepas suffit, condamnez je suis prest.
Mon innocence voit son attente trompee.
Je me rens prisonier, & voila mon epée.

Je recevray la mort, d'un œil aussi constant,
Que si l'on me donnoit Sophie en cet instant.
Si sa fidelle ardeur eut pour moy sçeu paroistre
Au lieu, de consentir a füir avec un traistre
Confident de nos feux, & qui m'a sçeu trahir,
Vos loix pourroient en vain me presser d'obeïr:
Je n'ecouterois plus que ma seule tendresse.
Je voudrois le trepas pour joindre ma maistresse:
Et quoy que dans mon cœur je la croye sans foy.
Je voudrois, sans l'honneur subir à cette loy,
Qui souhaite mon sang pour me punir d'un crime,
Dont je suis innocent & dont l'horreur m'opprime.
Mais pour sa gloire encor ie consens d'accepter,
Un crime que l'honneur m'oblige a reietter !
Voila comment Seigneur j'aimay cette crüelle !
Voila ce que je suis prest a faire pour elle !
Heureux si son honneur luy peut estre rendu.
Au peril de mon sangquelle a trop attendu.
Lors qu'on aime beaucoup, & qu'on pert ce qu'ó aime
On a dedans le cœur une douleur extreme.
Ma raison dit assez que i'ay lieu de hair :
Mais l'amour plus puissant me force d'obeïr.
Si ce qui m'a charmé finit ses iours sans crime:
Je suis prest a vouloir luy servir de victime :
Cependant c'est demain Seigneur que devant tous,
J'espere triompher, & vaincre mes ialoux :
C'est demain qu'on verra briller mon innocence.
Et je prens à témoin la celeste puissance !
Si l'ingrate Sophie a paru devant moy
Depuis quelle receut & mon cœur & ma foy.

Pour prendre sans soubçon trois jours apres la fuite:
Nostre intrigue sembloit estre assez bien conduite.
Mais l'ingrate à l'instant me ravit tout mon bien:
Elle emporta mon cœur, sans me donner le sien.
Un malheur inconnu que ie ne pûs comprendre:
Pour ma perte & la sienne osa tout entreprendre:
Puisque la nuict venüe, elle quitta ces lieux,
Et que ie ne vis plus ce que i'aimois le mieux.

SOPHIE.

C'est assez Dom Carlos reprenez vostre espée.
L'orage est retiré, la nüe est dissipée.
Je connois vostre cœur pour la gloire affermi.
Vostre iuge est à vous puisqu'il est vostre amy.
Et quoy que criminel enfin en apparence,
Plus que vous ne pensez ie vois vostre innocence.
Vous estes à ma garde, & ie reponds de vous.

DOM CARLOS.

Mais si Dom Leonard - - -

SOPHIE

Craignez peu son couroux.
Malgrez tant de malheurs, ie la vois manifeste.
Faites vostre devoir, & i'auray soin du reste.

DOM CARLOS.

Que ne vous dois ie point Seigneur, quoy - - -

SOPHIE.

C'est assez.
Vous me devrez demain plusque vous ne pensez.

SCENE SEPTIESME.

SOPHIE, DOM SANCHE.

SOPHIE.

Dieux quelle ioye, apres une douleur mortelle,

Dom Carlos - - -

DOM SANCHE.

Apprenez Madame une nouvelle.

SOPHIE.

Quelle?

DOM SANCHE.

Que Dom Loüis se doit battre demain.

SOPHIE.

Contrequi?

DOM SANCHE.

Dom Carlos, & j'en suis fort certain.

SOPHIE.

Il faut y donner ordre, allés en diligence
Défendre à Dom Loüis un dessein qui m'offence,
Et malgré les raisons qui causent son ennüy.
Dites luy qu'il ne peut se battre contre luy :
Que je retiens Carlos pour defendre sa vie :
Et s'il ne veut perir, qu'il quitte cette envie.

Fin du second Acte.

ACTE

ACTE TROISIESME.

SCENE PREMIERE.

SOPHIE SEULE.

Honneur que me demandes tu?
Tu ne sçaurois manquer sans crime,
    A proteger icy l'innocent qu'on opprime,
C'est le devoir de la vertu.

Dom Carlos doit perir, si je ne fais paroistre
    Celle, qu'il aimoit en ces lieux:
    Mais comment montrer à ses yeux
Celle, qu'il n'aime plus, & qu'il fuira peutestre!

    Il est digne de mort, s'il me manque de foy!
Et l'amour offencé demande une victime,
Le mespris de mes feux est un assez grand crime
    Pour l'oser punir malgrez moy.

Ma raison venez â mon aide:
    L'amour veut l'emporter sur vous,
    Et veut par des transports jaloux
Me donner la fureur pour souverain remede.

Mais

Mais pourquoy foüiller ma vertu
Par une lacheté fi noire ?
Apres avoir par tout emporté la victoire,
Mon cœur doit il eftre abbatu.

Quoy moy que l'on redoute à l'esgal du tonnerre,
Moy qui porte ma gloire au bout de l'univers ?
Je balance un foible revers,
Dont l'effort eft facile a faire ?

Ah c'eft trop difputer en vain !
Quand ie devrois perir de ma douleur crüelle :
Si Carlos ne m'eft plus fidelle,
Son trepas n'eft que trop certain.

Son trepas ! quoy ie le defire !
Je pourrois porter ma fureur
A donner la mort à fon cœur,
Et desja par foubçon fouhaiter qu'il expire ?

Et par quelle raifon commettre ce forfait ?
Parcequ'il a fait voir pour moy de la tendreffe,
Son juge fera ma foibleffe,
Et ma vertu n'aura rien fait !

Non il faut fortir de ma peine :
Mon devoir m'en offre un moyen.
Je verray par fon entretien,
Ce que fon cœur reffent ou d'amour, ou de haine

Ce font les fentimens ou ie doifm'arrefter.
Faffe, dans mes foubçons, le Ciel tout equitable,
Que le mal que je crains, ne foit point veritable,
Et ne rencontre rien, qui puiffe m'irriter.

Je redoute un malheur plus grand que ma difgrace :
　　　Quand ie regarde mon devoir,
　　　S'il me faut juger, & fçavoir
Que ie ne feray pas, ce qu'il faut, que ie faffe.

Je doute, ie chancelle, & Carlos doit perir,
　　　Si ie n'empeche fon fupplice :
　　　Mais ie crains quélque precipice,
Si mon authorité l'empeche de mourir.

Je fais, apparament, une grande injuftice,
　　　Si ie veux l'envoyer abfous :
　　　Mais auffi fi ie m'y refous,
Que répondre au billet, qu'on m'offre pour indice ?

Je voudrois le fauver fans qu'il fceut qui ie fuis,
　　　Je connoiftrois avec adreffe,
　　　Ce qu'il a pour moy de tendreffe.
Mais helas ie ne fçay, mon cœur, fi ie le puis.

S'il faut qu'il ait perdu, ce qu'il fentoit de flame,
Quelle honte pour moy, d'aller me decouvrir ?
De quel pretexte apres m'oferoisie couvrir,
Pour vanger un mepris qui m'arracheroit l'ame !

Je perirois plus d'une fois,
Jusqu'au moment de ma vangeance:
Et j'ay maintenant la puissance,
De m'en donner une à mon choix.

Deplus, ma dignité pourroit m'estre ravie,
Et ie hasarderois ma gloire, & mon bonheur,
Si j'allois decouvrir les secrets de mon cœur.
Et perdant tout qu'auroisie affaire de la vie!

J'ay de l'ambition avec beaucoup d'amour.
Si ces deux passions occuppent ma pensée.
Ma gloire asseurement se trouvera blessée,
Si la vengeace encor veut paroistre à son tour.

Peuteftre que Carlos previendra cet orage,
Et qu'l luy reste un peu d'amour:
Cet espoir, au soubçon, promet assez de jour:
Pour dissiper l'effroy d'un si sombre nüage.

SCENE SECONDE.

SOPHIE, DOM SANCHE.

SOPHIE.

Mais Dom Sanche paroit : & me veut raporter,
Ce que selon mon ordre, il vient dexecuter,
Ne medeguisez rien. est il quelque apparence,
Que Dom Loüis plus loin porte encor sa vengeance.

DOM SANCHE.

Madame il a receu voftre commandement.
Son efprit a paru furpris d'eftonnement.
Mais il n'a rien pourtant avoüé de l'affaire.

SOPHIE.

Il fuffit fon aveu n'eftoit pas neceffaire.
Helas!

DOM SANCHE.

Vous foupirez?

SOPHIE.

Vous fçavez mon amour.
Je fens un doux panchant, qui veut paroiftre au jour,
Qui m'arrache à moy méme, & qui me fait connoiftre,
Que l'on n'eft pas tousjours, ce que l'on devroit eftre.
Crüelle deftinée ou me reduifez vous?
N'ay je pas du malheur aflez fenti les coups:
Sans venir adjoufter, à ma douleur mortelle,
Une flame, â juger trop chere, & trop crüelle.
Je doute de Carlos, ie n'ofe m'eclaircir.
Du trepas d'un ingrat, ie crains de me noircir,
S'il ne fait voir fon cœur à mesdefirs contraire.
Je promets à ma fœur, ie promets a mon pere,
Je leurs accorde tout, & n'ofe rien tanter,
Quand ie fuis fur le point de tout executer.
L'amour, pour le fauver, veut que ie me declare:
La crainte me retient: lorsque ie m'y prepare:
Mon pere, en fon erreur, met Carlos en danger.
Helas il veut me perdre, en penfant me vanger.
Puisie me fatisfaire, & les tirer de peine?
Mais mon pere - - -

DOM SANCHE.

Il attent dans la fale prochaine.

Il demande audiance, & voudroit seulement
Vous dire - - -

SOPHIE.

Conduisez le en mon appartement.
Je m'en vay le trouver : dites luy qu'il m'attende.
O Ciel que j'ay d'ennüis !

DOM SANCHE.

Et Dom Carlos demande,
De puis une heure & plus, a vous parler aussi.

SOPHIE.

Qu'il vienne, & ne laissez entrer personne icy.

SCENE TROISIESME.

SOPHIE SEULE.

Avant que d'escouter les raisons de mon pere,
Voyons si Dom Carlos à mes voeux est contraire.
Pour la derniere fois ie le veux esprouver.
Il faut sçavoir enfin, ce qu'on craint de trouver.
Le voicy. continüe une flame si belle
Amour, & s'il se peut, fais qu'il me soit fidelle.

SCENE QUATRIESME.

SOPHIE, DOM CARLOS.

SOPHIE.

Dans le temps que l'on doit decider de vos jours,
Il est temps de parler, & chercher du secours.
Avez vous vos temoins tous prests pour vous deffédre
Sans doute vous craigniez, qu'on ne les vint surprédre.
Et vous n'estes sorti de vostre appartement,
Qu'à dessein de sçavoir quelle est leur sentiment.
Pour les instruire mieux de ce qu'ils doivent dire,
Vous avez crü devoir plustot parler qu'escrire.

Repondront ils selon que vous le desirez ?
Ont ils de la memoire, & sont ils asseurés ?
Car il en faut avoir dans ce qu'ils veulent faire,
Et ce n'est pas pour eux une petite affaire :
Puisqu'enfin si ie vois que l'on ait rapporté
Quelque chose, qui soit contre la verité :
Leur mort sans differer, punissant leur audace,
Vous mettra hors d'estat de meriter ma grace,
Complice de leur crime, il vous faudra perir.
En vain, à mes bontés vous voudrez recourir :
Vous ne verrez en moy, qu'un juge inexorable.
Fussiez vous innocent, ie vous croiray coupable.
Ma justice pour vous severe au dernier poinct,
Si vous deguisez plus, ne vous connoitra point.
Songez qu'il faut icy bien plus que l'apparence,
Qu'il faut des verités, pour prouver l'innocence.
Parlez, nous sommes seuls, il me sera bien doux,
De pouvoir faire icy quelque chose pour vous

DOM CARLOS

Seigneur c'est à present que ie vois ma disgrace.
Quelle explication voulez vous que ie fasse ?
Sur quoy puis ie parler ? je repondrois en vain,
Si vous ne vouliez plus prendre ma cause en main.
Si mon sang se trouvoit souillé de cette tache,
Mon cœur n'est pas encor ni si bas, ni si lache,
Que de le conserver pour craindre le trepas.
Si la mort me fuyoit : je serois sur ses pas,
Pour la prier tousjours de m'oster une vie
D'un remors eternel incessamment suivie,
Et ces destours, par ou l'on pretent s'excuser,
Sont autant de temoins qui viennent accuser,

Quoy qu'on dise de moy , Seigneur , j'aime la gloire:
Ie sçay qu'elle est tousjours gravée en ma memoire,
Ie suis par tout ses pas , & de la verité
L'on ne m'a jamais veu chercher l'obscurité ;
Jay tousjours souhaité que l'on la vit paroistre,
Dans ma bouche , sans cesse , on la peut reconnoistre
Et chez moy le mensonge est si fort detesté,
Qu'on ne peut luy montrer trop de severité.
Quiconque a le cœur noble agit de cette sorte.
Mais ce que contre moy ie vois que l'on rapporte,
Et qu'on veut soutenir , pour me perdre d'honneur,
Me fait haïr la vie, & languir de douleur.
Moy suborner des gens,dont le faux tempignage
S'efforce de cacher un tel exces de rage!
Moy joindre la malice à ces honteux destours !
Faire une lacheté pour conserver mes jours !
La vie ne m'est pas encor si precieuse :
Ce crime la rendroit pour moy plus odieüse.
Le remors sur mon cœur feroit un dur effort.
En une heure cent fois je souffrirois la mort.
Ma raison me diroit que j'ay commis un crime,
Que ce sang repandu demande une victime :
Et ce seroit en vain que je voudrois cacher ,
Ce que ie me sçaurois moy méme reprocher.
Lorsque dans cet estat on est reduit a feindre ,
On a bien de la peine a se pouvoir contraindre.
Le desorde qu'on voit suivre le criminel,
Au lieu de le cacher , le fait paroistre tel ;
Il cherche des raisons pour se pouvoir deffendre,
Mais ce font des raisons que l'on ne peut entendre,
La crainte suit de pres son peu de fermeté :
On decouvre aisément quelle est la verité :

Ses deffences ne font que de mechantes rufes,
Et fon crime aueré luy fert tout feul d'excufes.
En vain dedans la vie il cherche des appas,
Il ne peut s'excufer qu'en trouvant le trepas :
Quand il croit fe Sauver il tombe en un abifme,
Une odieüfe mort le lave de fon crime,
Et d'un pas fi gliffant fe fut il retiré :
Il ne fe croit jamais de fes jours affeuré,
Tousjours dedans la crainte, & dans la defiance,
Il croit voir tout perdu fur la moindre apparance,
Et qu'ayant refifté contre la verité :
L'on ne penetre enfin dans cette obfcurité.
Pour moy je ne veux point fur ce que l'on m'accufe
Pour me juftifier, mandier une rufe :
L'artifice n'eft point, pour un homme de cœur,
Il ne trouva jamais de part avec l'honneur.
Non ce n'eft qu'un moyen pour les ames vulgaires,
Qui croyent qu'a nîer on fait mieux fes affaires,
Qui ne connoiffant point la gloire, & fon pouvoir,
Se peuvent contenter du femblant d'en avoir.
Mais ceux qui font fortis d'une maifon illuftre
Ne font guere un faux pas pour en ternir le luftre.
Quand fur un fait fi noir on cherche a m'attaquer :
Je prevois peu fur quoy l'on fe peut expliquer.
Mon amour fut trop grand pour l'ingrate Sophie,
Et l'on n'a jamais vû que l'on ofta la vie
A l'obiet que l'on fçait nous eftre le plus doux,
Et qui fut fur le point de füir avecque nous.

SOPHIE.

Je le veux croire ainfi : mais on croit vous confondre
Sur l'accufation que pouvez vous répondre ?

Ce

Cet escrit de Sophie est pour vous bien fatal :
Opposer vostre amour c'est vous deffendre mal,
Il faut d'autres temoins , & sans cette assistance,
Je ne sçay point par ou prouver vostre innocence.
Comme je ne veux point du tout vous exposer.
Dans ce qu'on veut de moy je crains de m'abuser.

DOM CARLOS.

Je vous remets Seigneur tout le soin de ma gloire ,
& jugez. - - -

SOPHIE,

            La dessus je ne sçay plus que croire.
Bien loin de temoigner une vive douleur,
Ayant perdu l'obiet, qui charmoit vostre cœur,
L'obiet que vous aimiés avec tant de constance,
Pouvez vous m'en parler avec indifference ?
Vous m'en entretenez auec moins de chaleur,
Que moy qu'on ne tiendra jamais pour estre autheur
Ni de sa triste mort, ni de celle d'un page.
Examinez un peu Carlos vostre langage?
L'auriez vous fait perir, pour rejetter sur luy,
Le crime qu'on vous veut imputer aujourdhuy ?
Et puis si vous l'aimiez, pourquoy ne la pas suivre ?
Ayant fini ses jours, vous pouvez encor vivre!
Vous tachez d'asseurer encor vostre repos !
Et vous l'avez aimée ! ah traistre Dom Carlos
Ingrat, s'il estoit vray , vous häyriez la vie,
Et cela vous convainc de vostre perfidie.
Si vous aviez aimé d'un veritable amour :
Pourriez vous souhaiter devoir encor le jour,
Apres avoir perdu ce qui charmoit vostre ame ?
Ou bien se pourroit il qu'une nouvelle flame

                                    Vous

Vous eut fait oublier un feu qui fut si fort,
Dont rien ne vous devoit separer que la mort?

DOM CARLOS.

Seigneur considerez qu'elle estoit infidelle,
Quelle ne m'aimoit point, que ie n'adorois qu'elle,
Et qu'apres avoir vû son manquement de foy,
Je devois, sans mourir: revenir tout à moy,
Et quiter un amour dont on ne tenoit conte.

SOPHIE. *a part ce premier ver*

Je ne puis maintenant me declarer sans honte.
Carlos il faut prouver ce que vous avez dit :
Car enfin tout paroit contraire à son escrit,
Et malgré ma bonté, je vous trouve coupable.
Son infidelité paroir peu veritable,
Vous ne Sçauriez au plus que la conjecturer,
Et pourtant devant moy vous osez l'asseurer !
Le sujet est leger pour recourir au change.

DOM CARLOS.

Quand on est meprisé, c'est ainsi qu'on se vange !
Cependant - - -

SOPHIE,

C'est assez, un si foible entretien
Avecque mes bontés ne s'accorde pas bien.

DOM CARLOS.

J'attendois plus de vous - - -

SOPHIE.

Observez le silence,
Et gardez pour tantost toute vostre eloquence :
Vous en aurez besoin plus que vous ne pensez.

DOM CARLOS.

Si j'ay de son trepas - - -

S

SOPHIE.

Dom Carlos c'eſt aſſez.
Des indices ſi clairs balancent ma juſtice.
On connoitra tantoſt ſi c'eſt un artifice.
L'empereur qui ſur moy fonde ſon equité,
Ne doit rien ſoubçonner de ma fidelité.
Je ne veux point broüiller les affaires publiques,
Et *je* ne pretens pas que pour mes domeſtiques
On me reproche rien contre ma dignité.
C'eſt pourquoy maintenant vous ſerez arreſté.
Hola.

SCENE CINQVIESME.

Sophie, Dom Carlos, Dom Sanche.

SOPHIE.

Suivez Carlos je vous le donne en garde,
Il faut cette rigueur, & ce ſoin vous regarde
Repondez moy de luy.

DOM SANCHE.

Seigneur - - -

CARLOS.

Je vous entends.
Allons, ma mort rendra mes ennemis contens.

SOPHIE.

Lors que l'on peut ſi toſt changer pour ce qu'on aime
On peut auſſi changer ſa parolle de méme,
Et bien plus qu'un amant, un captif a raiſon
De briſer ſes liens pour ſortir de priſon.

SCE

SCENE SIXIESME.

Dom Carlos, Dom Sanche.
DOM CARLOS.

C'eſt ainſi que de moy la fortune ſe joüe.
Aujourdhuy dans l'eſclat, & demain dans la boüe :
Mais cela devroit peu m'allarmer en ce jour,
Puis qu'enfin ce ſont là les faveurs de la cour,
Sur quoy je puis fonderfort peu de confiance :
Apres en avoir fait la triſte experience.
Quand mon maiſtre ſembloit ſe repoſer ſur moy :
Tout le monde loüoit ma condüite, & ma foy :
Mais de puis que ie ſuis tombé dans la diſgrace,
Le feu de mes amis s'eſt changé tout en glace :
Ils craignent que vers eux ie n'adreſſe mes pas.
Ma vertu ſeule icy ne m'abbandonne pas,
Elle arme contre tout mon ame de conſtance,
Et juſques au trepas ſoutient mon innocence.
Et bien ſi mon malheur me condamne à la mort,
Periſſant innocent, ie dois loüer mon ſort.
Le monde maintenant ne me fait plus d'envie,
Et l'on peut diſpoſer ſi l'on veut de ma vie.

Dom Sanche.

C'eſt a regret - - -

Dom Carlos

Allons, je n'eſcoute plus rien,
Faites voſtre devoir, & j'auray ſoin du mien.

Fin du troiſieſme Acte.

AC-

ACTE QVATRIESME.
SCENE PREMIERE.

DOM LEONARD, DOM LOÜIS, LUCIE.
DOM LOÜIS.

SEigneur de vous servir je n'ay plus d'esperance.
Je cherchois a punir celuy, qui vous offence,
Je cherchois a perir d'un trepas glorieux :
Ou de perdre un ingrat, qui vous est odieux :
Je m'asseurois desja de vous porter sa teste,
J'esperois que l'amour en feroit ma conqueste,
Et je me figurois avec quelque raison,
Que ma flame avoit pris un conseil de saison :
Puisque ie combattois pour une juste cause,
Que je ne devois plus que menager la chose,
Appeller Dom Carlos, & faire un noble effort,
Pour venger vostre offence en luy portant la mort :
Enfin ie m'attendois a punir seul un traistre,
Je croyois de ses jours estre deja le maistre,
Je tantois un combat pour le faire perir,
Puisque son trepas seul me pouvoit secourir :
Je courois l'attaquer, quand malgré mon envie,
Le viceroy luy méme a pris soin de sa vie,
Ne voulant pas permettre à ma fidelle ardeur
De se faire un passage a luy percer le cœur :
Il refuse à mon bras cette grande victoire,
Il semble m'empecher d'acquerir de la gloire.
Que vous diray ie enfin ! si ie cherche ses pas,
si je veux vous vanger, je trouve le trepas,

D

Je

Ie ne puis l'eviter, ce sera mon supplice.
Luy seul, dit il, pretent vous en faire justice.
Cependant ie crains peu de renoncer au jour,
Si cet effort suffit pour prouver mon amour.
Commandez donc, Madame, & malgré la defence,
Vous verrez de quel air ie pens vostre vengeance.

DOM LEONARD.

Mourant de vostre main il seroit trop heureux,
Et ce seroit pour nous un coup trop hasardeux.
Cet offence à mon gré ne seroit point punie.
Il ne periroit pas avec ignominië,
Et si par un combat il entroit au tombeau,
Le coup qui le perdroit rendroit son sort trop beau :
Ce luy seroit pluftot un honneur q'un supplice.
D'ailleurs le viceroy me doit faire justice :
Il m'a donné parolle, & quoy que son appuy,
S'il ne se justifie, il ne fait rien pour luy,
Il l'abbandonne aux loix, le livre à la iustice,
S'il n'est pas innocent, il veut qu'on le punisse.
Tout conspire sa perte, & cherche a l'affliger,
Il a devant les yeux la crainte, & le danger :
Son crime, à tout moment, entreprent quelq; ouvrage:
Il se livre aux fureurs, aux transports, à la rage,
Il ne connoit plus rien, il s'estime perdu.
Dom fernand à ses vœux n'ajant point répondu,
Il voit, qu'on va tirer le vray de l'apparance,
Et que de se sauver il pert toute esperance
Qu'il ne peut plus mourir, que des mains d'ü bourreau,
Que Jusques au trepas ie seray son fleau,
Et que chaque moment avance son supplice,
Que mon sang repandu cherche cette justice:

Puis-

Puifque fans aucun droit il a verfé le mien,
C'eft peu que de la forte on exige le fien.

LUCIE.

Ouy fans doute il eſt vray que d'une telle offence
Nous devons à ma fœur une entiere vengeance,
Qu'il faut qu'un pere laiffe à la pofterité,
Un exemple efclattant de fa feverité.
Moy méme ie voudrois m'offrir pour la conquefte,
De celuy qui viendroit me prefenter fa tefte,
Si Dom fernand vouloit, de fon authorité,
A ce noir attentat donner impunité.
Pour punir Dom Carlos on me verroit tout faire,
Je ferois pour fa mort un effort exemplaire.
Cette vengeance auroit pour moy beaucoup d'appas
Et fi pour cet effet ie n'avois point de bras,
On me verroit moy méme attenter fur fa vie,
Pour venger ma maifon de cette perfidie.

DOM LOÜIS.

Si vous manquiez de bras i'aurois perdu le iour
Je fçay ce que ie dois, Madame, à mon amour.
Quoyque le viceroy m'empecha d'entreprendre,
J'irois braver la mort, pour ofer vous deffendre :
Je m'informerois peu de fon authorité,
Si ma vie en ces lieux feroit en feureté.

DOM LEONARD.

Dom Loüis c'eſt l'effet d'une ame genereuſe,
Toute pleine de gloire, & toute vertüeuſe,
De chercher le trepas comme un homme de cœur,
Pour abbatre le crime, & maintenir l'honneur.
Je rens graces au Ciel, de ce qu'il fait paroiftre
Un tel evenement pour vous faire connoiftre

J'ap-

J'approuve voſtre amour, j'aime voſtre courroux,
Vous eſtes digne d'elle, elle eſt digne de vous.
Voſtre vertu m'oblige a vous choiſir pour gendre.
Mais gardez vous ſur tout d'oſer rien entreprendre,
Juſqu'à ce qu'on ait vû ce que l'on reſoudra,
Sl l'on ſauvra Carlos, ou ſi l'on le perdra
Si la vertu pourra ſurmonter l'artifice.
Si l'on ne me fait pas une entiere juſtice,
Je trouveray du moins qui me ſatisfera.
Nous perirons enſemble, & tout nous vangera.
Juſque la gardés vous de rien faire paroiſtre,
Et comme de mon ſort je vous ay fait le maiſtre :
Faiſons que ce deſſein ne ſoit point decouvert.
Une apparence, un doute, un ſoubçon, tout nous pert.
Ne nous fions jamais aux plaintes, aux murmures :
Ce ſont les moyens ſeurs de rompre nos meſures
Ne conſiderons rien. dans l'eſtat ou ie ſuis
Me plaindre aveque vous eſt tout ce que ie puis.
Si tu l'aimes ma fille, il faut peu te contraindre.
Eſcoutes ſes ſoupirs, tu n'as plus lieu de craindre.
Apres que Dom Carlos aura fini ſon ſort,
Rien ne vous peut tous deux ſeparer, que la mort.
Adieu.

SCENE SECONDE.

DOM LOÜIS, LUCIE.

DOM LOÜIS

Qu'eſpererayie apres cette promeſſe !
Madame vous ſçavez juſqu'ou va ma tendreſſe,
Vous ne ſçauriez douter, qu'un ſi ſenſible feu
Ne vous ait fort ſouvent demandé voſtre aveu

Je fçay que vous m'aimez, ie n'en fais aucun doute:
L'amour qui me le dit, eſt digne qu'on l'eſcoute:
Je le vois dans vos yeux, qui m'offre voſtre cœur,
Luy méme, il vous fait voir l'exces de mon ardeur:
Vous ne pouvez douter d'une flame ſi belle,
Elle fut tousjours pure, & jamais infidelle.
Pour combler mon bonheur encore dans ce jour:
J'ay ſceu vous obtenir d'un pere, & de l'amour:
Ce Dieu ſçait que ie ſuis conſtant dans ſon empire,
Il me donne aujourdhuy tout ce que ie deſire:
Ce don eſt le grand prix de qui ſçait bien aimer.
Ma joye eſt ſans egale, & ne peut s'exprimer.
Mon cœur eſt à preſent tout rempli d'allegreſſe:
Puiſqu'un pere conſent a toute ma tendreſſe,
Que rien ne ſçauroit plus s'oppoſer à mes vœux,
Et que ie puis enfin m'aſſeurer d'eſtre heureux.

LUCIE.

Je ſçay que vous m'aimez cõme il faut que l'on aime,
Je ne ſçaurois douter de voſtre amour extreme.
Lors que tout contribüe a couronner vos feux,
Et que voſtre bonheur ne ſemble plus douteux,
J'aurois tort de vouloir vous cacher mon eſtime,
Et de vouloir tromper un cœur qu'amour anime.
Aimez moy Dom Loüis ſans craindre un changement,
Et que ie voye en vous ſans ceſſe mon amant.

DOM LOÜIS.

Ah c'eſt me dire trop ce qu'il faut que i'eſpere
Mais le viceroy vient avecque voſtre pere.

D 3   SCE-

SCENE TROISIESME.

SOPHIE, DOM LEONARD, DOM LOÜIS, LUCIE

SOPHIE.

Je veux que vous voyes vous méme dans ce iour
L'equité triomphante au milieu de ma cour
Dom Leonard, sçachez que des auoiurdhuy méme
Je pretens appaiser vostre douleur extreme :
Et si j'ay deffendu que l'on fit un combat,
Qui ne vous auroit pû venger avec esclat.
Je voulois estre seul ajuger cette affaire,
& donner un arrest, qui vous doit satisfaire.

DOM LEONARD.

Quand j'ay de Dom Carlos demandé la prison,
Seigneur, vous le sçavez j'en avois bien raison,
Je voulois son trepas, & pour punir son crime,
Je devois m'asseurer d'une telle victime.
Mais quoy qu'il ne fut pas aussi tost arresté,
Je fondois mon bon droit dessur vostre equité :
Je n'en doutay jamais, & quoy que l'apparence
D'un si grand chastiment m'offrit peu d'esperance,
Un grand cœur doit vouloir, que le crime abbattu,
Disois je, fasse voir qu'il aime la vertu.

SOPHIE.

Dom Carlos va venir, touchant son innocence
S'il ne fait son devoir - - -

DOM LEONARD.

Le voicy qui s'avance.

SCENE QVATRIESME.

SOPHIE, DOM CARLOS, DOM LEONARD, DOM LOÜIS.
LUCIE, DOM SANCHE, SÜITE.

SOPHIE.

Il faut vous expliquer Carlos, c'est aujourd'huy,

Que l'innocence icy vous doit fervir d'appüy:
Vous devez faire effort pour la faire paroiftre,
Ou de voftre falut ie ne fuis plus le maiftre.
Vous eftes accufé, dites la verité,
Et prouvez, s'il fe peut, que cette crüauté,
Dont vous eftes chargé par de fi grands indices,
N'eft rien qu'invention, impofture, artifices.
Confondez des parens, donnez nous des raifons,
Qui vous puiffent laver de telles trahifons.
Mais que puisje efperer, en voyant cette lettre,
Elle accufe, elle parle, elle leur peut tout promettre.
Sur de vains prejugés ie dois peu me fier:
Si vous n'avez de quoy vous mieux juftifier.

DOM CARLOS.

Je me defendrois mal: puifque, bien qu'on m'ecoute,
De ce dont on m'accufe, on ne fait plus de doute.
Ce pendant puifqu'il faut vous decouvrir mon cœur:
Puifque vous le voulez ie le feray, Seigneur.
Ne vous etonnez pas, fi mon ame eft furprife:
Ce n'eft point un effet, que le crime authorife,
& fi devant vos yeux ie parois etonné,
C'eft de me voir à tort, & par vous foubçonné.
Lorfque l'on a commis un crime de la forte,
On fe plaint d'ordinaire, on s'anime, on s'emporte,
& quoy qu'on fçache bien, que l'on eft criminel,
On cherche des raifons pour n'eftre point cru tel,
& ces raifons ne font, que des raifons frivoles,
Que des contes en l'air, & des vaines parolles;
On connoit l'artifice apres tant de detours:
Mais l'innocence enfin cherche peu de fecours,
                                        Elle

Elle ne veut pour foy qu'un juge veritable,
Qui fçache difcerner l'innocent du coupable.
Vous ne me verrez point combatre avec fureur
Les durs reffentimens de mon accufateur.
Si *je* fuis condamnè, fur un peu d'apparence
Je mouray trop heureux, mourant dans l'innocence.
Toutefois je diray qu'un fi fenfible coup,
Eft un rude revers, qui me touche beaucoup,
Qu'il faut pour mon honneur combattre cette lettre,
Et puifque de parler vous me voulez permettre:
J'expliqueray, Seigneur, ce qu'on attent de moy.
Il eft vray que Sophie avoit reçù ma foy,
Que noftre fuite eftoit tout a fait refolüe:
Mais depüis ce moment, Seigneur, fi je l'ay veüe!
Puiffe le jufte Ciel me punir a vos yeüx
Du trepas le plus rude, & le plus odieüx.
Et fi j'avois enfin enlevé l'infidelle,
L'aurois ie pû ravir, pour me feparer d'elle.

DOM LEONARD.

Que vous avois ie fait pour me perfecuter?
Sur ma fille, & fur moy deviez vous attenter?
Quel mal vous faifions nous, pour nous porter envie,
Et par quelle raifon attaquiez vous fa vie,
Elle qui vous aimoit, helas! fi tendrement,
Qui ne pouvoit fouffrir voftre abfence un moment,
Ah cette crüauté ne peut eftre impunie!
Vous avez eu fon fang, il me faut voftre vie.
Mais s'il faut étaller vos crimes dans ce jour:
Vous n'avez refpecté l'amitié, ny l'amour.
Vous avez fur ma fille exercé voftre rage,
Vous avez fait mourir en füite voftre page,

De

De crainte qu'il ne pût s'empécher au besoin,
Si l'on le recherchoit, d'en estre le temoin.

DOM LOÜIS.

Quoy iusques a ce point avoir l'ame inhumaine !
Oser joindre a l'amour une si forte haine ?
Mettre ce que l'on a de plus cher au tombeau,
Et de son confident devenir le boureau !
De telles actions font peine a les comprendre.

LUCIE.

Et l'ingrat peut avoir le cœur de se deffendre:
Plus il voit contre luy que l'indice est püissant :
Plus il persiste encor a se dire innocent.

SOPHIE.

Laissez nous un moment. malheureux peus tu croire,
Que sans un grand chagrin ie hasarde ta gloire !
Pourquoy dissimuler ! quel estoit ton espoir !
Apres l'affection, que ie t'avois fait voir,
Ingrat, tu devois bien te declarer coupable,
Et si je t'avois crû d'un tel crime capable,
Aurois ie eu le dessein de vouloir t'emmener.
Dis moy, qui te forçoit icy de retourner ?
Si tu ne pouvois pas prouver ton innocence,
Quel suiet t'obligeoit a venir à valence ?
Quoy ne devois tu pas un peu t'examiner,
Si ie fais mon devoir, ie te dois condamner.
Il faut que malgré moy ie t'envoye au supplice,
Si ie ne me resous a faire une injustice.
Juge du deplaisir, que j'ay de tes malheurs,
Puisque je suis contraint a te donner des pleurs.
On pourroit t'accorder avecque tes partîes
Si vos conditions estoient moins assortîes,

Et

Et ſi vous n'eſtiez point d'egale qualité,
Ou ſi Dom Leonard eſtoit moins irrité.
Je ne te puis ſauver, ſi ce n'eſt que Sophie
Ne paroiſſe elle méme, & ne te juſtifie.

DOM CARLOS.

Pour me juſtifier, elle ne le peut pas,
S'il faut qu'elle ait trouvé, comme on dit, le trepas.
Mais ſi vous conſentez, Seigneur, que je m'explique.
Vous vous ſouvenez bien vous méme qu'en Afrique,
Quand ie redoutois moins de ſi ſenſibles coups,
Ne ſçachant pas encor ſi ie ſerois a vous,
Vous euſtes de mes maux la triſte confidence.
Je n'eſperois jamais retourner à valence,
Il ſembloit qu'a ces maux vous preniez quelque part,
Je voyois que pour moy vous aviez quelque égart.
Mes diſgraces eſtoient, diſiez vous, non communes,
& quand vous avez ſceu de moy mes infortunes,
Quand, par pluſieurs recits, vous m'avez engagé,
A dire les malheurs, dont j'eſtois affligé:
Avez vous remarqué, que d'une autre maniere,
Je vous aye jamais expliqué cette affaire?
Ah vous pouvez juger, que pluſtot là, qu'ailleurs,
Puiſqu'enfin mes deſtins ſembloient eſtre meilleurs,
Sans craindre, ni tourment, in geſne, ni ſupplice,
Lorſque je ſuis entré dedans voſtre ſervice,
Quand vous m'avez parlé de venir en ces lieux,
J'aurois pû decouvrir mon ſecret a vos yeüx.
Jugez ſi devant vous il n'eut pas ſceu paroiſtre,
Si je n'euſſe pas du declarer a mon maiſtre,
Ce que devant mon juge il me faudroit nier,
Dans le deſſein, que i'ay de me juſtifier.

A

A Thunes que craignois ie aupres de voſtre Alteſſe ?
Ay ie jamais uſé de la moindre fineſſe ?
Vous ne pouviez paſſer un moment ſans me voir !
Vous eſtiez mon appuy , vous eſtiez mon eſpoir,
Vous ſçaviez mes deſſeins, vous liſiez dans mon ame,
Je ne vous ay jamais rien caché de ma flame,
Je ne redoutois rien , j'avois la liberté,
& vous n'avez de moy ſceu, que la verité.
Mon honneur veut icy , que ie me iuſtifie.
Il eſt vray que j'aimay , que j'adoray Sophie,
J'aurois tort de vouloir icy le deguiſer :
Je devois l'enlever , je devois l'epouſer,
Je devois l'emmener iuſques a Barcelone.
Mais une füite enfin , qui méme encor m'eſtonne
Lors que ie me croyois au faiſte du bonheur,
Fit changer mes plaiſirs en mortelle douleur.
Ouy , ſi ie ſçay l'endroit ou l'ingrate demeure,
Je conſens a mourir devant vous a cette heure
Je ſçay, que ie ne puis eviter le trepas.
Mon innocence , au moins, ne mé quittera pas :
Si ce n'eſt meriter la mort la plus crüelle,
Que d'aimer une fille inconſtante , infidelle ,
Perfide , qui feignoit de m'aimer tendrement,
& qui, ſans doute, ailleurs aimoit ſecretement ,
Qui voulant deſur moy faire fondre l'orage - - -

SOPHIE.

Mais qu'as tu fait enfin , & d'elle , & de ton page ?
Quel chemin ont ils pris ? que ſont ils devenus ?
Aucun ne les a point juſqu'icy reconnus.
Sont ils montés au Ciel ? ſont ils cachés ſous terre ?
Ont ils peri tous deux de l'eſclat du tonnere ?

Dom

DOM CARLOS.

Seigneur elle estoit belle, & le page galant.

SOPHIE,

Que tu decouvres bien ton lache sentiment.
On voit bien que tu n'us pour elle aucune estime.

DOM CARLOS.

On sçait que ie l'aimois Seigneur avant son crime - - -

SOPHIE.

Dis que tu l'aimes, traistre, & confesse du moins,
Qu'elle meritoit bien tes soupirs, & tes soins.
Ton cœur feroit il voir, qu'il est vray qu'il l'abhorre.
Que fais je? juste Ciel? 　　　　　　　　*a part.*

DOM CARLOS.

　　　　　　　Que je me deshonnore!
Ah pourrois ie excuser un si lache forfait?
Il faudroit n'avoir pas aimé comme j'ay fait.
Ouy ie l'aimé constante, & la hais infidelle.

SOPHIE.

Mais il se pourroît bien qu'elle ne fut pas telle:
Il se peut par hasard, ou par d'etranges coups,
Que sans manquer de foy l'on manque aux rédezvous.

DOM CARLOS.

Qui m'en asseurera?

SOPHIE.

　　　　　Si l'on vous justifie,
Il faut tout son honneur pour vous sauver la vie.

DOM CARLOS.

Quand vous me demandez sa vie, & son honneur,
Et de plus un amour si fort contre mon cœur,
Sans doute vous cherchez matiere a ma disgrace.
Feray ie contre tout ce qu'il faut que ie fasse?

　　　　　　　　　　　　　　　Mes

Mes efforts sur ce point sont foibles, superflus.
Si ie fais mon devoir, ie ne l'aimeray plus.

SOPHIE. *dit ces trois vers & demi a part.*

Hola qu'en le remene. il me laisse mon trouble,
Et sur son libre aveu ma peine se redouble.
Voyons quel sentiment mon pere peut avoir,
En cas que mon amant retourne a son devoir.
Si de trouver Sophie on voyoit apparence,
Pourriez vous de Carlos refuser l'alliance?

DOM LEONARD.

Helas s'il la trouvoit que ne ferois ie pas
Bien loin de souhaiter en ces lieux son trepas:
Je vous coniurerois de m'accorder sa vie,
Et vostre volonté, pour l'hymen de Sophie.

SOPHIE.

Elle a dedans ses mains apresent tout son sort:
Il faut qu'elle paroisse, ou bien Carlos est mort,
Elle seule le peut tirer du precipice.
Soyez seur en ce iour d'une entiere iustice.

Fin du quatriesme Acte.

ACTE

ACTE CINQVIESME.
SCENE PREMIERE.

SOPHIE SEULE.

Je dois juger Carlos, ie puis luy faire grace :
Cependant je ne ſçay, cequ'il faut que ie faſſe.
Il eſt en mon pouvoir de le faire perir :
Mais ie mourois du coup, qui le feroit mourir :
J'aime encore l'ingrat malgré ſon inconſtance ;
Ma gloire,& mon devoir m'offrent ſon innocence,
Quand ie veux prononcer ſon crüel iugement:
J'oublie en même temps le lache ſentiment,
Qu'il peut avoir de moy, luy qui m'a tant aimée :
Je penſe encor aux traits de ſon ame enflammée.
Puis ie rien contre luy prononcer en ce iour,
Alorsque ie le crois digne de mon amour ?
Si tu n'as plus pour moy cette tendreſſe extréme,
Donne moy le ſecret de te häir de même,
Carlos,& tu verras qu'apres ce changement,
Je ne connoiſtray plus, ce qui fut mon amant :
Ton infidelité tout a fait decouverte,
N'exigera de moy maintenant que ta perte :
Ton ſupplice, en ſecret, bien loin de m'affliger,
Redoublera ma joye en voyant le danger.
Mais ie puis à ſon cœur avoir quelque eſperance !
Mon pere ne va point contre ſon alliance !
Tirons Carlos de peine. apres tant de rigueurs,
Le Ciel prendra le ſoin d'appaiſer mes douleurs :
Si ſon feu dure encor, apres l'aveu d'un pere,
Rien ne ſe peut monſtrer a mes deſirs contraire.

SCENE SECONDE.

SOPHIE, DOM SANCHE.

SOPHIE.

Que fait Carlos ?

DOM SANCHE.

Madame il est au desespoir,
Pour la derniere fois, il demande a vous voir :
L'image de Sophie est gravée en son ame,
Il temoigne pour elle avoir beaucoup de flamme.
Ce qui fait son malheur, c'est qu'on l'accuse a tort,
Dit il, & son chagrin ne vient point de la mort.
Ce n'est que son devoir maintenant qu'il ecoute.

SOPHIE.

Carlos est genereux, ie n'en fais aucun doute,
Il vous a, dites vous, beaucoup parlé de moy !
Ah Dom sanche iugez du trouble ou ie me voy !
Si son malheur est grand, ma disgrace est bien pire.
Vous sçavez que ie l'aime, & ie n'ose luy dire :
Je sçay qu'il est pour moy dans un mortel ennüy,
Mais s'il souffre beaucoup, ie souffre autant que luy.

DOM SANCHE.

Madame, entreratil ?

SOPHIE,

Bien, qu'il vienne, qu'il vienne.

DOM SANCHE.

Dom Leonard aussi dans la sale prochaine
Vous demande audience.

SOPHIE.

Il peut entrer icy.
Allez trouver Carlos, & l'ammenez aussi.

DOM SANCHE.

Vous vous declarerez?

SOPHIE.

Mon amour m'y convie :
J'asseure mon repos, mon bonheur, & ma vie.
Si Carlos m'aime encor ie le veux maintenir.

SCENE TROISIESME.

SOPHIE, DOM LEONARD, DOM LOUIS, LUCIE

SOPHIE.

Dom Leonard, dans peu l'accusé doit venir :
De son salut encor il a quelque esperance :
Mais s'il ne fait pas voir icy son innocence,
Si vous ne tombez pas dedans son sentiment,
Il recevra de moy son dernier jugement :
Vous aurez de ma part iustice toute entiere,
S'il ne s'explique pas avec pleine lumiere.
Il entre : soyez seur que ie n'oubliray rien,
Puisque vostre interest est joint avec le mien.

SCENE QUATRIESME.

Sophie, DOM CARLOS, DOM LEONARD
DOM LOUIS, LUCIE, DOM SANCHE.

DOM CARLOS.

Je n'attens mon salut que de vostre iustice,
Seigneur.

SOPHIE.

Defendez vous ie vous seray propice

DOM CARLOS

Helas c'est a present que ie suis malheureux.
Je vois que mon trepas n'est plus icy douteux :

Mais Je fuis innocent de ce que l'on m'accufe.
Je ne dis point cela pour me fervir d'excufe.
Mon fupplice eft tout preft, ie n'en fçaurois douter.
Prononcez mon arreft, il faut l'executer.
Vous me condamnerez fans faire une iniuftice:
Puifque vous jugerez fur un püiffant indice.

SOPHIE:

Cet indice a mes yeüx vous monftre criminel:
J'ay peine toutefois a vous connoiftre tel.
Je dois vous condamner, & mon devoir m'oblige
A prononcer l'arreft d'une mort, qui m'afflige.
Ah crüel Dom Carlos, pourquoy paroiffiez vous?
De vous pouvoir fauver l'efpoir m'eftoit bien doux.
A vous oüir parler i'avois quelque efperance.
J'ay creu que vous pourriez prouver voftre iñocence,
Que vous vous laveriez de ce crime odieüx,
Que vous decouvririez l'artifice a ños yeüx·
Mais bien loin de monftrer un femblable fpectacle!
Vous méme a vous fauver vous mettez de l'obftacle!
Vous ne nous oppofez pour raifon, que l'amour!
Ce Dieu feul, dites vous, vous doit fauver le iour,
C'eft luy de ce forfait, qui feul vous iuftifie.
Mais fi cela n'eft pas, ou peut eftre fophie?
Qu'auroit elle efperé de cet evenement!
Je ne vois pas quel eut efté fon fentiment,
Si iufques a vous perdre elle eut porté fa rage,
& par quelle raifon? pour füir avec un page!
Il eut fallu, qu'elle eut perdu le iugement,
Pour vouloir confentir à cet enlevement.
C'eft en quoy l'on ne peut trouver nulle apparence.

DOM CARLOS

Ah ie fuis iñocent· croyez -·-   E

SOPHIE

Quelle innocence
Pouvez vous donc avoir! il faut la decouvrir :
Si non ie ne vous puis empecher de perir.

DOM LEONARD.

Ah Seigneur la deſſus que pourroit il vous dire !
Le Perfide voit trop, qù'il eſt temps qu'il expire ,
Il cherche a retarder ce funeſte moment.
Il faut, de ſes forfaits, qu'il ait le chatiment.
Ma famille par luy , ſe trouve deſolée:
Ma fille, de ſa main, ſe rencontre immolée,
Et non content encor d'avoir percé ſon cœur,
Il cherche obſtinement a la perdre d'honneur ,
Eſt ce la cet amour que tu faiſois paroiſtre ?
Eſt ce la cet ardeur dont tu n'eſtois plus maiſtre ?
Dis moy, qu'en as tu fait ? ie ſçay ta qualité.
Ne pouſſes pas plus loin mon courage irrité.
Mon ſang en ta faveur encor me ſollicite.
Je ſçay que ie n'ay pas ſatisfait ton merite :
Je reconnoy ma faute en voyant ton malheur:
Ton ſupplice me cauſe une extreme douleur.
Fais moy ſçavoir les lieux ou tu caches ma fille ,
Rens une ioye entiere a toute une famille :
Je te la donne , ingrat , *je* te rens ton eſpoir,
Et tache , ſi tu peus de me la faire voir.
Pour la ſeconde fois je recevray la vie.
Tu ne te verras plus tourmenté par l'envie.
Je te donne ma foy, qu'avant la fin du jour ,
Tu pourras recevoir le prix de ton amour.
Tu peus dans ce moment, crüel, me ſatisfaire:
Apres tant de tourmens ie ſuis encor bon pere :

Je

Je ne fçay quoy me vient parler en ta faveur.
Fais paroiftre Sophie, & conferve fon cœur.
Tu ne me repons rien. helas que dois je croire!
Vous avez en vos mains mon honneur & ma gloire.
Son filence en dit, plus que *je* n'en veus fçavoir.
Son crime eft averé, vous le pouvez bien voir :
Vous connoiffez, Seigneur, fi c'eft un artifice.
Je n'attens fon arreft que de voftre Juftice :
Vous me l'avez promis, & *je* l'attens de vous,
Comme ce qui peut eftre a mes vœux le plus doux.

S O P H I E.

Dom Carlos eft ce ainfi que vous deviez repondre?
Ce filence ne fait icy, que vous confondre.
Sur la foy de mes yeüx puis ie me defier !
Eft ce un fecret nouveau pour vous *juftifier* ?
Je ne puis plus doüter de ce qu'on vous impute
Eftre preft a toucher au moment de fa chûte !
Et pour fe retirer de ce pas fi gliffant,
Dire pour fa raifon que l'on eft innocent !
Ne nous pouvez vous point donner plus d'apparence,
Qui nous faffe iuger quelle eft voftre innocence.

L U C I E.

Il fe fent criminel, puifqu'il ne repond point,
& pour le condamner, il ne faut que ce point.
L'innocence d'abord fe fçait faire connoiftre :
Plus on la veut cacher : plus elle veut paroiftre.

D O M L o ü i s.

Il eft vray, Dom Carlos, que vous devriez parler,
Voftre crime paroit, a ne vous rien celer,
Vous devriez bien du moins, fur ce qu'on vous accufe,
Pour vous iuftifier oppofer quelque excufe :

Ou

Ou pluſtot que reſter dans ce faſcheux eſtat,
Vous méme demeurer d'accord de l'attentat.
Il vous faut expliquer deſſus cette matiere.
Vous touchez maintenant a voſtre heure derniere.
Il faut trouver Sophie : ou courir à la mort.
Voyez ce que, pour vous, un pere fait d'effort.
Craignant que vous n'ayez, dedans voſtre penſée,
Qu'il a du ſouvenir de la choſe paſſée:
Pour vous donner moyen de vous mieux expliquer,
Voyez ce que pour vous il vient de pratiquer.
Il ſe tient honnoré d'avoir voſtre alliance :
Faites venir Sophie, il vous rend l'eſperance,
Elle eſt a vous - - -

DOM CARLOS.

Helas ou la puis ie trouver !
Je voudrois avoir pû moy méme l'enlever :
Sa vie, & ſon honneur ſeroient en aſſeurance,
& j'aurois trop de quoy prouver mon innocence.
Mais puiſque l'un & l'autre eſt hors de mon pouvoir
& que ni vous, ni moy n'en pouvons rien ſçavoir,
Quoy que ie ſois certain qu'elle fut infidelle,
Je conſens a donner ma vie encor pour elle.

SOPHIE.

Si vous la revoyez innocente en ce jour,
Luy pourriez vous encor refuſer voſtre amour?

DOM CARLOS.

Plûſt au Ciel ſeulement qu'elle fut innocente :
Ma foy, malgré la mort, demeureroit conſtante.

SOPHIE.

Sophie, en ton malheur, a pour toy combattu,
Elle ne fut jamais de commune vertu,

Car

Carlos, sçache combien elle eut pour toy de flame.
Ton page Claudio, ton rival, estoit femme,
Elle, que tu charmois, & que tu n'aimois pas,
Elle, qui pour charmer, ne manquoit point d'appas,
Qui t'aimoit fortement, & dont l'ame enflamée,
Malgré ses tendres soins, ne fut jamais aimée,
Apprit qu'un autre objet te charmoit à son tour :
Elle eut la confidence enfin de ton amour.
Voyant que pour son feu ta flamme estoit fatale,
Elle trouva moyen de perdre sa rivale :
Acmet pour achever un crime si nouveau,
Promit de luy donner place dans son vaisseau :
Mais de tous les costés sa flame fut trahie.
Ce traistre, ainsi que toy, n'adoroit que Sophie,
& quand ce page vint pour la conduire au port,
Croyant qu'elle devoit te rencontrer au bort,
Entrant dans le vaisseau temoigna sa tendresse,
& bannit de son cœur ce qu'elle eut de tristesse.
On luy fit des honneurs qu'on ne peut exprimer :
Cependant ces honneurs ne pûrent l'enflamer,
Elle te demandoit sans cesse, & pour tout dire,
Si tu fus malheureux, son sort fut encor pire.
Le vaisseau fut en mer pour son cher Dom Carlos,
Elle le demandoit tousjours, a tous propos,
Elle esperoit le voir, lorsque le capitaine
Parût devant ses yeux pour augmenter sa peine,
Luy dit que ses regrets seroient tous superflus,
& qu'enfin devant elle il ne paroistroit plus.
Le page, qui croyoit retourner a la ville,
Se retourna vers luy d'un visage tranquille.
Acmet, tu dois tenir ce que tu m'as promis :
Tu vois ce qu'en tes mains aujourd'huy i'ay remis :

Mets la chalouppe en mer promptement , que ie forte
Tu n'efchapperas pas Claudia , de la forte,
Tu pourrois a valence encore me trahir,
Mon ferment ne fçauroit me forcer d'obëir.
Puifque Sophie icy fe trouve en ma puiffance,
Tu verras les effets de ma reconnoiffance.
Claudia , contre luy , fe voulant emporter.
Perfide Acmet pourquoy pretens tu m'arrefter ?
Tu m'oftes Dom Carlos pour prix de mon Service!
Dis quel eft don deffein? ce fera ton fupplice,
Tu viendras en Afrique , ou ie te feray voir,
Quel deftin pour tes foins tu merites d'avoir
Si ie te renvoyois jufques au port , peuteftre
Me pourois tu trahir de méme que ton maiftre.
Sophie en cet inftant , luy dit, expliques toy,
Quel peut eftre ton fexe, es tu femme, dis moy ?
Ne vois ie plus en toy q'une infame rivale ?
Qui te fait devenir a mes feux fi fatale ?
Apres quelques momens, on entra dans le port.
Le Prince de Salé voulut fçavoir d'abord,
De quel päis eftoit cette femme étrangere.
Sophie, en méme temps , addreffa fa priere
A cet illuftre Prince, implora fon fecours,
Demanda contre Acmet feureté de fes iours.
Ce Prince l'efcouta, qui luy promit azyle,
& voulant l'amener avec luy dans la ville,
Acmet tout tranfporté d'une indigne fureur,
Le cimeterre au poing , fans en avoir d'horreur,
Voulut frapper le Prince,&quoy qu'il fut fon maiftre,
Luy dit, qu'il ne pouvoit pour tel le reconnoiftre.
La garde l'arrefta: l'on luy donna la mort,
Claudia fur le champ eut un femblable fort.

C'eſt ainſi que l'on ſceut les punir de ce crime.
Le Prince, pour Sophie, eut une grande eſtime:
Ayant appris ſon rang, pria l'ambaſſadeur,
Qui retournoit alors aupres de l'empereur,
De la vouloir remettre aux lieux de ſa naiſſance:
Elle cacha ſon ſexe avec grande prudence,
Elle t'a conſervé juſques icy ſa foy,
Elle reſpire encor & ne vit que pour toy,
Et tu la peus traiter en mortelle ennemie,
L'accuſant d'avoir fait la derniere infamie,
Et ton cœur autrefois fut pour elle enflammé!
Tu ne meritois pas, Carlos, d'en eſtre aimé.
Elle veut toutefois prouver ton innocence,
Et temoigner pour toy qu'elle a de la conſtance.
Ceſſe de craindre ingrat, reviens de ton effroy.
Sophie eſt dans ces lieux, & tu la vois en moy.

DOM CARLOS.

Vous Sophie!

DOM LEONARD.

Ah ma fille!

LUCIE.

Ah ma ſœur!

DOM LOÜIS.

Ah madame!
Quelle joye aujourd'huy rendés vous a mon ame.

SOPHIE.

Ouy je vis, Dom Loüis, mais ie vis pour Carlos:
Si j'ay juſques icy traverſé ſon repos,
Je voulois de ſes feux avoir quelque aſſeurance:
Et ſi vous me voyez Viceroy de Valence:
Sous le nom de Fernand on ſçait ceque j'ay fait,
Mon Pere vous voyez voſtre fille en effet:

Mais c'est pour Dom Carlos qu'elle veut encor viure
Si vous voulez sa mort, je suis preste a le suivre.
Vous pouvez ordonner ---

DOM CARLOS.

Ah Sophie! ah Seigneur!
De grace redonnez le calme à ma douleur.
Quoy je puis voir en vous la beauté que j'adore!
Ne me trópez vous point! pouvez vous vivre encor
Me pouvez vous aimer, & souffrir mon erreur?
Voudrez vous recevoir cet offre de mon cœur?
Il fut tousjours a vous, malgré toutes mes peines.
Je n'ay pû consentir a voir briser mes chaisnes.
Je vous aime, Madame, & jusques a la mort
Je vous feray tousjours maistresse de mon sort.
Mais Seigneur pouvez vous souhaiter que j'espere?
Apres tant de rigeurs ce peut il ---

DOM LEONARD.

Je suis pere.
J'aime tousjours ma fille, & cet espoir m'est doux,
De voir qu'elle vous veüille accepter pour époux.
Il faut a l'empereur mander cette nouvelle:
Sous le nom de Fernand, conserve luy ton zele:
Jusqu'a ce qu'il ait fait sçavoir sa volonté,
Gardes du Viceroy tousjours l'authorité.
Caches ton sexe encor, & dans cette journée
Ne songeons qu'a conclure un si grand Hymenée,
Que Dom Loüis aussi soit heureux a son tour,
Et par un double hymen terminons ce grand jour.

Fin du cinquieme, & dernier Acte.

F I N.